poetas do mundo

MIODRAG PÁVLOVITCH

poetas do mundo

MIODRAG PÁVLOVITCH

Bosque da maldição

Seleção, introdução e tradução
de Aleksandar Jovanović

Coleção Poetas do Mundo
dirigida por Henryk Siewierski

EDITORA
UnB

Equipe editorial
Severino Francisco · *Supervisão editorial*
Anderson Moreira Lima · *Arte e projeto gráfico*
Djalma Cavalcante Melo · *Revisão*
Elmano Rodrigues Pinheiro · *Supervisão gráfica*

Impresso no Brasil

Direitos exclusivos para esta edição:
Editora Universidade de Brasília
SCS - Q.2 - Bloco C - nº 78 - Ed. OK - 2º Andar
70300-500 Brasília-DF
tel: (0xx61) 226 6874
fax: (0xx61) 225 5611
editora@unb.br

Ficha catalográfica elaborada pela
Biblioteca Central da Universidade de Brasília

Pávlovitch, Miodrag
P338 Bosque da maldição / Miodrag Pávlovitch; tradução de Aleksandar Jovanović — Brasília : Editora Universidade de Brasília, 2003.
126p. — (Poetas do Mundo)

Obra sem título original.
ISBN 85-230-0732-6

1. Literaturas báltico-eslavas. 2. Literatura sérvia.
I. Jovanovic, Aleksandar. II Título. III. Série.

CDU 891.8

Sumário

Introdução

Se refletirmos a respeito das características fundamentais das vanguardas do começo do século XX, verificaremos que essas correntes e tendências em literatura, música, artes plásticas, teatro, dança e escultura (manifestadas basicamente entre 1910-1930) eram portadoras de programas bem definidos nos terrenos estético e filosófico e, por vezes, político também. Suas raízes estendem-se à metade do século XIX, porque programas e manifestações acabaram tendo intersecções interessantes com os românticos. De outro lado, correntes como o expressio-nismo, cubismo, cubo-futurismo, futurismo, tinham como traço básico o desejo de romper com o simbolismo — com suas formas fixas e seus temas — e de apresentar inovações profundas.

Depois da Segunda Guerra Mundial, e sobretudo nos anos 60, o feixe de correntes, intitulado neovanguarda (pós-modernismo, como preferem outros...) ancorava-se, em grande parte, nas vanguardas do começo do século e apresentava forte conteúdo social. Mas o Ocidente e a Europa Centro-Oriental experimentaram essas novas pulsações de maneiras bastante diversas. No Ocidente, entreteciam-se, de modo constante, a crise capitalista, a irrupção do Terceiro Mundo no cenário da política internacional, as guerrilhas latino-americanas, as rebeliões dos negros nos Estados Unidos, a revolta estudantil do final dos anos 60, na Europa, o movimento hippie, as diversas esquerdas[1]. Nos países socialistas da Europa Centro-Oriental, o *leitmotif* era bastante diferente: as contradições internas dos regimes implantados sob a sombra da Revolução de 1917, os desdobramentos do 20º Congresso do Partido Comunista da União Soviética e a conseqüente *desestalinização* na URSS, a revolução húngara de 1956, as posições assumidas pelo Partido Comunista da China, conduziam a inúmeros movimentos, cujo objetivo era romper com o realismo socialista e as doutrinas do jdanovismo.

Talvez, como marca comum às inúmeras e sucessivas correntes da neovanguarda, seja o temor relativo à deformação da cultura, a preocupação com a "ditadura" do consumo, a onipresença niveladora da publicidade e da moda, a atomização do indivíduo, a alienação e o sentimento torturante da crescente mecanização da vida. Cabe, contudo, lembrar que em 1855 o "farol pérfido" da doutrina do progresso ilimitado era denunciado pelo poeta Charles Baudelaire, porque, para ele, essa noção não passava de "uma idéia grotesca que floresceu no terreno podre da fatuidade moderna"[2]. No século seguinte, o crítico Walter

[1] Szabolcsi, Miklós. *Világirodalom a 20, században: fõbb áramlatok.* Budapest: Gondolat, 1987, *passim.*
[2] Baudelaire,Charles. *Oeuvres Complètes.* Paris: Seuil, 1968, pp. 363 e ss.

Benjamin ampliaria, de certo modo, a recusa baudelairiana, negando também o mito do progresso da humanidade, que resultaria das descobertas técnicas e da dominação crescente sobre a natureza, e chamava a atenção para o perigo da evolução tecno-científica, capaz de ameaçar a sobrevivência das espécie humana[3]. De modo curioso, as vanguardas do começo do século XX, em grande parte, celebraram o progresso, ao passo que Benjamin, no entreguerras, parecia profetizar a carnificina porvindoura, talvez a partir das cinzas, cadáveres e lágrimas da Primeira Guerra Mundial.

Ao se examinar a história recente das literaturas da Europa, torna-se impossível ignorar o terremoto e a tragédia de proporções descomunais que a Segunda Guerra Mundial representou. Sobre os escombros — no sentido denotativo do termo, nada metafórico, mas cruento e cruel — do Velho Continente parecia impossível o ressurgimento da melodia poética em qualquer língua, e menos ainda no idioma dos povos que mais amargaram a irracionalidade do genocídio, dos campos de concentração, das ferozes perseguições por razões étnicas, religiosas, ideológicas, ou por causa da combinação de todos esses fatores.

O território da Iugoslávia de então foi palco e testemunha de atrocidades que exterminaram dez por cento da

[3] Benjamin, Walter. *Sens Unique*. Paris: Lettres Nouvelles, 1978, pp. 205 e ss.

população e a pequena Sérvia (um dos estados do reino iugoslavo), porque se opôs tenazmente à ocupação nazifascista, foi castigada de maneira muito especial. Claro que esses fatos deixaram profundas cicatrizes na vida artística, vincando, de modo singular, a produção de muitos autores, estarrecidos diante do terror, do hálito corrosivo e tão próximo do mal e do conseqüente sentimento de vazio metafísico que se apossava das pessoas. Essa mesma Iugoslávia, que experimentara, simultaneamente, a ocupação, o desmembramento e a tragédia de uma verdadeira guerra civil, adotou o socialismo ainda em 1943 (em pleno curso da guerra), mas rompeu com o centralismo de Moscou, em 1948. Portanto, em princípio, o período de submissão aos dogmas do realismo socialista e do jdanovismo findava no crepúsculo dos anos 40, de tal modo que as artes poderiam experimentar um gradual processo de libertação dos moldes transnacionais.

O diagnóstico do crítico Iúri Tyniánov a respeito da oposição básica que marcara a Literatura Russa, praticamente desde Alieksandr Púchkin, ou seja, o conflito entre arcaizantes e inovadores, pode ser estendido à Literatura da Sérvia, onde o confronto entre o *velho* e o *novo*, a *tradição* e a *inovação, conservadores* e *progressistas* veio marcando a evolução das idéias estéticas também desde o século XIX. Assim foi quando Vóislav Ílitch (1860-1894), figura máxima do simbolismo, rompeu as amarras diante do romantismo e realismo, ou quando Milosh Tsernianski

(1893-1977) e Rastko Pétrovitch (1898-1949), as duas figuras mais expressivas da revolução modernista sérvia apareceram no palco literário. O entre-guerras (isto é, os anos 20 e 30 do século passado) foi marcado por uma forte onda surrealista, em que se destacavam poetas, como, por exemplo, Tsernianski e Momtchílo Nastássievitch (1894-1938), mas outras correntes, vincadas pelo cubo-futurismo, haveriam também de disputar o espaço palmo a palmo. Depois, foi a vez de romper com o culto ao russo Sierguêi Iessiênin e desengavetar Federico García Lorca, Arthur Rimbaud, Guillaume Appollinaire, T. S. Eliot, W. H. Auden, Walt Whitman, Vladímir Maiakovski, entre os autores estrangeiros. Ou mergulhar, de certo modo, nas longas tradições medievais e folclóricas da própria Literatura da Sérvia. Logo depois do final da Segunda Guerra, reapareceu novo conflito que trazia à tona a oposição entre arcaizantes e inovadores que, então, eram identificados como *realistas* e *modernistas.* Verdadeiros *acampamentos* literários fervilhavam e a partir deles os protagonistas trocavam acusações e travavam ácidas discussões a respeito dos conceitos de *moderno* e *não-moderno*.

Nesse panorama — recém-liberto de um curto, mas firme período de imposição dos dogmas do jdanovismo — emergem três jovens poetas que deixariam profundas marcas inovadoras no conteúdo e na forma da produção literária sérvia: Vasko Popa (1922-1991), Miodrag Pávlovitch (1928-) e Stevan Raítchkovitch (1928-). Assim, se

Raítchkovitch acaba se tornando o mais sutil lírico da poesia sérvia da segunda metade do século passado, marcado por um delicado hálito de melancolia, Popa seria o minimalista capaz de dar vida literária a temas do cotidiano e, ao mesmo tempo, reinterpretar, de modo absolutamente inédito, singular, história, folclore e mitologia de seu povo. Outros nomes que surgem nos anos 50, enveredam por caminhos divergentes: Slavko Vukosávlievitch (1927-) mostra inclinação pelo neo-simbolismo e reflexão filosófica; Svetislav Mánditch (1921-) lamenta o tempo que jamais haverá de retornar; Slobodan Márkovitch (1928-1990) torna-se o poeta dos cafés de Belgrado que busca dar vida aos *clowns* arruinados e Branko. V. Radítchevitch (1925-), o cultor de uma poesia de forte caráter erótico. Popa, a exemplo dos romancistas Milorad Pávitch (1928-) e Danilo Kiš (1935-1989), obteria reconhecimento internacional e seria traduzido para dezenas de línguas.

Pávlovitch, médico que se dedicou, depois, integralmente à Literatura, é poeta, contista, dramaturgo, ensaísta, homem de cultura ampla, um dos mais representativos nomes da Literatura contemporânea de seu país. Também é autor de uma já clássica *Antologia da Poesia Sérvia,* publicada pela primeira vez em 1964, e que abarca um período de oito séculos de produção literária. Organizou e publicou, em 1957, uma antologia da poesia inglesa e, em 1969, um volume abrangente sobre a poesia romântica européia. Em 1982, organizou uma antologia de poesia lírica popular e, sete anos mais tarde, também de poesia épica popular a respeito da Batalha de Kóssovo (1389), importante marco histórico e cultural na História da Sérvia. Escreveu nada menos que 18 livros de ensaios sobre literatura e cultura.

Representa (junto com Popa) um sopro inovador que sinalizava o surgimento de temática e linguagem originais. Demarca um novo território com seus dois primeiros livros — *87 Песама* (*87 Poemas*), em 1952, e *Стуб сећања* (*Coluna da Memória*), em 1953: além de apontar para o surgimento de uma nova poética, que confunde a geração pró-Iessiênin, expressa a revolta contra a decadência. Racionaliza o procedimento poético, adota motivos urbanos, deixa escapar aqui e ali uma fina mas aguda ponta de cinismo intelectual e a ausência inicial de metáforas transforma-se numa série de visões poéticas (ou seriam po-éticas?) da história. Adepto do verso livre, reconhece a tragédia do mundo em que vive, diagrama o mapa do grotesco e tematiza o drama humano sobre as diversas encruzilhadas da história, de onde o tom satírico e, muitas vezes, apocalíptico. Na verdade, seus referenciais teóricos são a história das civilizações, culturas, religiões, as diversas mitologias, as correntes de pensamento contemporâneas e a história de seu pequeno povo. Como afirma o crítico literário M. Márkovitch, a poesia de Pávlovitch " é resultado de uma reflexão filosófica a respeito dos temas e formas poéticos, do verso, da língua, do léxico..."[4].

Em *Октаве* (Oitavas, 1957), o poeta tenta a natureza como refúgio e vasculha o passado de nossa civilização. Em cinco volumes tematicamente conjugados — *Млеко искони* (Leite primitivo, 1963); *Велика Скитија* (A Grande Cítia, 1968); *Нова Скитија* (A Nova Cítia, 1970); *Хододарје* (Dote-marcha, 1971; *Светли и тамни празници* (Feriados reluzentes e sombrios, 1971) — torna-se poeta da história e da cultura que busca as raízes da contemporaneidade no passado. Emprega linguagem poética em que se entrecruzam elementos clássicos, medievais, folclóricos e modernos, e canta o desaparecimento do mundo antigo, o aparecimento dos eslavos (e dos sérvios, em particular) no cenário histórico, pesquisa as questões existenciais e espirituais básicas da civilização contemporânea. Seus livros posteriores são *Заветине* (Votos, 1976) ; *Карике* (Elos, 1977); *Певање на виру* (Canção sobre a fonte, 1977); *Бекство по Србији* (Fuga através da Sérvia, 1979), *Видовница.* Em 1990, publicou *Cosmologia profanata* (Cosmologia profanada, com o título em latim mesmo no original); dois anos mais tarde foram editadas suas *Песме о детињству и ратовима* (Poemas sobre a infância e as guerras); em 1993, saiu a

[4] Марковић, Миливоје. *Антологија српске послератне поезије.* Београд: Научна књига/Конекс, 1992, pp. 53 e ss.

lume *Књига хоризонта* (O livro do horizonte). Já o volume *Нове и изабране песме* (Poemas novos e escolhidos, 1996) — expande mais a visão e panorama espirituais, convocando as musas da história e da arqueologia para, juntas, traçarem diversos paralelos.

Em 2000, o poeta edita um livro intitulado *С Христом нетремице* (Firmes com Cristo), composto por 34 poemas de cunho filosófico-religioso e histórico. De um lado, Pávlovitch revisita o cristianismo e, de outro, examina as ligações espirituais de seu pequeno povo com o mosteiro medieval do Monte Atos (próximo a Salônica, na Grécia), fundado por reis sérvios. No poema em prosa intitulado *O povo do grito profundo* (*Народ великог крика*), observa: "O sofrimento é a moldura da figura humana definitiva. Também é o destino dos povos crentes: eles ingressam na eternidade através de um grito profundo". Os trabalhos mais recentes do Autor acentuam o fato de que a verdade e a beleza (talvez sejam melhor chamá-las, aqui, de a Verdade e a Beleza) são dois valores profundamente violentados ao longo do século XX. Embora o escritor mencione falsos profetas, multidões desenganadas, princípios morais destruídos e o respeito do destino humano colocado em xeque (alusões diretas e evidentes aos cenários em que predominou, ou predomina, o desrespeito absoluto à dignidade humana), acima de tudo lança mensagem de apego à vida e a princípios espirituais e glorifica a vida, o amor e a cultura.

Não seria tampouco equívoco afirmar que Pávlovitch cultiva uma espécie de *realismo mágico*, em que a poesia surge também como encantamento e evocação da magia, território em que desfilam mitos, feras, imagens do Apocalipse, fragmentos de uma "poesia eslava primitiva" e referências constantes a Bizâncio, emblema de um passado mítico e fonte para a qual a cultura eslava, ortodoxa, esteve constantemente voltada. Ao menos neste aspecto, existe um interessante paralelo entre a obra do poeta sérvio e a do húngaro Ferenc Juhász (1928-), cujos longos textos também estão povoados por figuras mitológicas, animais antropomorfizados, alusões intertextuais. Em textos mais recentes, o poeta filosofa a respeito da existência humana, voltando-se para valores aparentemente imutáveis das diversas civilizações.

A simplicidade aparente dos poemas escritos por Miodrag Pávlovitch testemunha, em verdade, a exatidão das observações do grande lingüista Roman Jakobson, e evoca, quase automaticamente, a idéia de que a *função poética* projeta a equivalência do eixo da seleção sobre o eixo da combinação e que a equivalência é promovida à condição de recurso constitutivo da seqüência[5]. Em outros termos: a escolha lexical e o encadeamento semântico-sintático jamais são fruto de uma ação casual, mas sim

[5] Jakobson, Roman. *Lingüística e Poética*. In: *Lingüística e Comunicação*. Trad. de Izidoro Blikstein e José Paulo Paes. São Paulo: Editora Cultrix, Editora da Universidade de São Paulo, 1969, p. 130.

produto de um trabalho paciente de marchetaria lingüística. Fundamentalmente a concretização do juízo de valor expresso pelo escritor italiano Ítalo Calvino: "(...) escrever prosa em nada difere do escrever poesia; em ambos os casos, trata-se da busca de uma expressão necessária, única, densa, concisa, memorável"[6].

Sobretudo nas obras iniciais, o poeta emprega uma linguagem concisa, econômica, intersemiótica, que, muitas vezes, lembra a poesia de Vasko Popa:

> Sol poente
> grito de crianças sob a janela
> jogos de inverno.
>
> (*Prisioneiro*)

Muitos dos textos de Pávlovitch apresentam verdadeiras visões apocalípticas, em que o poeta debuxa um mundo povoado de desesperança, onde parecem esvairse quaisquer perspectivas de sobrevivência:

> Aqui estamos no espaço vazio
> no vazio nem sabemos onde estamos.
>
> (*Descida ao limbo*)

[6] Calvino, Ítalo. *Seis propostas para o próximo milênio.* Tradução de Ivo Barroso. 2ª edição. São Paulo: Companhia das Letras, 1990, p. 61.

Verdadeiro vazio metafísico manifesta-se em diversos poemas em que o escritor diagrama uma realidade violenta, privada de valores humanos e prisioneira de instintos selvagens:

(...)
nossa treva é aquela escuridão transparente do bosque
em que matam os heróis pelas costas, junto à fonte,
nossas sombras são cobertores sangrentos
sobre o leito da mundana...

(*Metamorfoses*)

De certo modo, Pávlovitch também se debruça sobre a beira de um abismo, a exemplo de seu conterrâneo Danilo Kiš, para observar-lhe os contornos e descrever-lhe o vazio interior, e, assim, constatar o "equívoco de conceber a história como algo que sempre evolui e sempre se eleva"[7]. Contudo, o poeta recorre a uma contraposição constante em que o mundo primevo emerge com feições mais positivas e a sociedade contemporânea, urbana, industrializada, carregada de desumanização, como lembra o historiador da literatura e crítico Iovan Déretitch[8]. E, contra todas as pressões que possam conduzir a uma perda da identidade, recorre ao tempo mitológico. Esta oposição entre o *lá* e o

[7] Kiš, Danilo. *Gorki talog iskustva.* [Priredila Mirjana Miočinović]. Beograd: BIGZ, 1990, *passim.*
[8] Деретић, Јован. *Историја српске књижевности.* Београд: Нолит, (1983), pp. 639 e ss.

aqui e o *então* e o *agora* manifesta-se, muitas vezes, como apego ao tempo mitológico:

Ficarei onde estou
na terra de minha língua
não quero ser julgado em seus concílios.
(Epitáfio do bardo eslavo)

Ao lado de paisagens imaginárias, que, de certo modo, recontextualizam situações e seres mitológicos, com palavras simples e tom narrativo quase coloquial, o poeta fala de um mundo conflagrado em que as sombras se contrapõem à alegria de viver:

(...)
e entre nós tudo o que nasceu para cantar
geme, ameaça e range
como dentadura em pesadelo.
(Metamorfoses)

Ao retomar Orfeu, personagem mitológico grego, Pávlovitch coloca-o na Coréia, palco do primeiro grave conflito armado posterior à Segunda Guerra Mundial. Assim, a constante atualização de um passado distante — inclusive de seus valores, personagens e cenários — cria uma intertextualidade em que o narrador vai apontando fatos e cenas em que o contraste entre um passado mítico e inocente vai se opondo a um presente aterrador e obscurecido pela ação negativa do ser humano:

> Estarreçam terras onde cadáver — irmão do homicídio —
> após cadáver cai no rio do apodrecimento em labaredas.
>
> (*Orfeu na Coréia*)

De outro lado, nos poemas mais recentes, o Autor manifesta clara tendência de retomada de correntes filosóficas da antigüidade clássica, através das quais deseja apreender o mundo que o cerca e busca transmitir uma avaliação de ciclos da vida humana. Assim, por exemplo, em *Inverno de conceitos antigos*, proclama:

> O vazio em que conceitos antigos habitam é visível
> e cada vazio que deixaram é túmulo
> sobre o qual o homem reza pela ressurreição geral.

E uma perspectiva racional a respeito da circularidade das relações no universo também emerge dos textos de Pávlovitch, bastante voltado para os referenciais do mundo antigo, extinto, que, assim, surge ora como herança civilizacional a ser preservada e restaurada, ora como contraponto a uma realidade chocante:

Parece que tudo passa para que recomece
desde o princípio, como se fosse novo, ou se observe
sem levar em conta algo que já existiu
e tampouco aquilo que virá, infindável.

("Tudo vive")

Na organização da presente antologia, não foi utilizado um critério cronológico para seqüenciar os textos. A ordem em que os poemas aparecem decorre de uma leitura muito pessoal, idiossincrática, dos textos e obras do Autor. Talvez o cunho pessoal da leitura da obra de um autor seja uma das (várias) limitações com que antologias e organizadores de antologias se defrontam, de modo constante.

No que diz respeito aos critérios empregados para traduzir os textos de Pávlovitch, partimos do pressuposto de que a *operação tradutora*[9] envolve, na verdade, uma operação transcultural e interlingüística. Portanto, dentro do verdadeiro jogo de compensações representado pela alternância das perdas e ganhos no processo da tradução, apenas a constante tentativa de *recriação* seria capaz de perseguir as balizas em que o produto da operação seria um texto adequadamente inserido na cultura da língua de chegada.

Aleksandar Jovanović

[9] Campos, Haroldo de. *Da Transcriação; Poética e Semiótica da Operação Tradutora.* In: *Semiótica da literatura.* São Paulo: PUC, Educ, 1987, pp. 59 e ss.

Bosque da maldição

Зима старих појмова

Сунце се данас пробило кроз време зимње,
дижу се завесе, али остаје иње, ветар
се колеба, полежу перјанице димње
ка југу, пробудили смо се после времена дужег
без злочина почињених у сну али не
и без осећања кривње поглед лута и не
може да се усредсреди на нешто унутра,
није тренутак да се поставља питање душе
још даље смо од звука који потврђује присуство духа
профаност је запосела многе истакнуте тачке
да ли то значи да се светост згуснула
негде другде да је запосела колоније
на континенту на којем немамо изасланика?
Шта може од старих појмова још да се преузме?
Поглед открива годишња доба али не и призме
што би у пресецима донеле одсјаје другог света
којем претходе девице набијене светлошћу
и теолошким знањем које не може да се одбије.
Где је сад место за појаву кукурека,
за почетак гозбе у шуми уз учешће дивова
дивљих и гладних изгнаних из века
што се уздају само у оно гостопримство давно

Inverno de conceitos antigos

Hoje o sol varou o tempo frio, porém
cortinas se erguem, resta a geada, o vento
balouça, brotam cristas de fumaça
ao sul, acordamos depois de muito tempo
sem crimes cometidos em sonho, mas não
sem o sentimento de culpa, o olhar vagueia
incapaz de centrar-se em algo interior,
não é o momento de colocar a questão da alma,
estamos distantes do som que confirma a presença da alma,
o profano ocupou muitos pontos eminentes,
será que isso significa que a santidade se coalhou
que em outro lugar qualquer ocupou colônias
em continente em que não temos embaixador
e o que mais se pode tomar aos antigos conceitos.
O olhar descobre as estações do ano menos os prismas
cujos cortes seriam reflexo de um outro mundo
precedido de virgens carregadas de luz
e conhecimento teológico que não se pode negar.
Onde está agora o lugar do canto do galo
para o início do banquete na floresta na presença de gigantes
selvagens famintos exilados do tempo
que somente confiam naquela hospitalidade de outrora

када су анђеле гостили Аврам и његова жена.
Празнином одјекује домаћа душа
али се ипак не може рећи да је заувек нема,
можда је остала само слутња да је
свако од нас у свету оргије био, и остао
уплетен (у њен венац) и са њеним дисањем
једновремен иако није доказана непокретност
оног што се називало "битије", нити је
извесно да дух над нама лебди као полип.
Види се празнина где су древни појмови боравили
и свака празнина коју су они оставили, гроб је
над којим се човек за опште васкрсење моли.

quando Abraão e a mulher receberam os anjos.
O espírito doméstico ecoa o vazio
e nem mesmo assim pode se afirmar que inexista para sempre
talvez tenha permanecido apenas o pressentimento
de que cada um de nós esteve no mundo da orgia e ficou
enredado (em sua coroa) também com a respiração
monocorde dela
ainda que não se tenha demonstrado a imobilidade
daquilo que se denominava "ser" nem é
certo que o espírito paire acima de nós como um polvo.
O vazio em que conceitos antigos habitam é visível
e cada vazio que deixaram é túmulo
sobre o qual o homem reza pela ressurreição geral.

Жељени облик

Шта значи “форма коју човек жели”?
Јасно, то је обличје којем се чежња усмерава,
са којим жели блискост, и хоће да је има посред стана.
Ипак то за чиме жуде недовољно се приближава,
и не може под сопствену власт да се доведе.
Постоји форма којој се човек диви, којој стреми,
или је носи са собом, није потребно да укине вољу
да би у њој могао да ужива, воља га никуд и не води.
Ако нађе свој жељени облик и успе да с њим остане,
стекао је неко вољење које је у исто време његов
prtљаг.
Неодређеност хтења има и своју страну добру:
може свако од нас у нешто друго да га преобрази:
жељени облик постаје наука вишња, између звезда
путоказ искупљења. Одгонетка што своја слова
не мора ни да изговара, обећање раскоши
и благо које се скупља у нашој руци, да би смо га
изложили потрошњи, она рука која се о плодности
стара
и снага која се у свету рађа да затим истом свету
одузима пуноћу и дрвеће основно у понор пообара.

A forma desejada

O que significa "a forma que se deseja"?
Claro, é o aspecto em cuja direção a ânsia caminha,
com o qual deseja proximidade, e que pretende ter em sua morada.
Ainda assim, o que deseja aproxima-se de modo insuficiente
e não se pode colocá-lo sob controle.
Existe a forma que se admira, que se busca,
o que se carrega, não é preciso interromper a vontade
de contemplá-la, a volição não conduz mesmo a lugar algum.
Quando se encontra a forma desejada, e consegue-se ficar
com ela,
obtém-se um desejo que também se torna bagagem.
A imprecisão do desejo tem um aspecto positivo:
pode transformar cada um de nós em outra coisa,
a forma desejada torna-se alta ciência, indicador de caminhos
da redenção inscrito em estrelas, charada que suas letras
sequer precisa expressar, promessa de abundância
e tesouro que se concentra em nossas mãos, para que
possamos submetê-lo ao consumo, aquela mão ocupada
de fecundidade,
e força que nasce no mundo para nele depois
desapossar a plenitude e lançar no precipício o arvoredo
primevo.

Оно што нас мами и зове — смишља искушења:
доводи нас у шуму која никад није била рајска:
у име савршенства тамо се и злочин оправда,
тако је одувек: други се у страну гурне
да би се вршила наша истина налик откровењу:
или се одричемо од света да би смо видели лепоту
скривену иза ума и одбацили наличја,
која су већ тражила брисање са списка и смену.
За то је свака чежња подла, бар у прво време
док не дође власт нека друга, обично од претходне
суровија и гора, онда настаје могућно озарење
и облик који нас на други језик преведе.
Дивљој смо шуми ишчупали корен и долазимо
до оног
што лебди као птица изнад залазећег сунца
затим се смешта на свето дрво и брине о позлати
лика похрањеног у стаблу неувелог грања.

Aquilo que nos atrai e chama — articula a tentação
e conduz-nos ao bosque que jamais foi o do paraíso
em nome da perfeição ali até o crime acaba justificado
assim é desde o princípio — os outros são postos de lado
para que a nossa verdade seja executada como se fosse
descoberta
ou renunciamos ao mundo para que enxerguemos a beleza
escondida atrás da mente e descartemos as aparências
que já pediam para serem apagadas da lista e trocadas.
Por isso, toda ânsia é vil, ao menos no início
até que surja um novo poder, habitualmente
pior e mais violento que o anterior, e então instaura-se
a possibilidade
e a forma que nos traduz para outra língua.
Arrancamos as raízes da floresta virgem e aproximamo-nos
daquilo
que volteia como pássaro acima do sol poente
depois se aninha sobre a árvore sagrada e doura
a forma depositada no tronco e na ramagem-que-jamais-murcha.

Летописци и певачи

Перу свом кажем да пише даље или укуцавам слова
бележећи о догађајима само назнаку или скелет
онога што време испреде, а не мора да буде мило
достојанству које очекује твоје племе,
нити је доказ да живот и смрт заједно нешто вреде.
Летописац мисли увек да је његово последње
"сказање", —
за кога онда све пише, коме поруке шаље?
Од када је прво слово записано на име заједничке
приче,
обавеза да се и даље прича од једног до другог писца
преузима се, из године у годину броји се пролазак
једног века и када нема ничег новог или се
пропадања
набрајају знаци, — ти пишеш како је сурово
у твом времену било и како су народи лоши ђаци.
Слично мисле и певачи и када није баш за песму
доба, они дају од себе гласа, они морају
да се огласе зато што је и пре њих било
певања пред црквом или са коња; у народу
певачком

Cronistas e cantadores

Digo à minha pena que continue escrevendo ou inscrevo
as letras,
gravando apenas o esqueleto ou as marcas dos acontecimentos
daquilo que o tempo trança, e não precisa ser caro
à dignidade que tua tribo espera,
nem mesmo é prova de que vida e morte juntos valham
qualquer coisa.
O cronista imagina que é sempre sua a última "narrativa" —
e, afinal, para quem ele escreve tudo ou para quem envia
suas mensagens?
Desde que a primeira letra foi lavrada em nome da narrativa
comum,
a obrigação de continuar fabulando de um escritor a outro
vai passando, ano após ano a passagem de um século
vai sendo contada, e quando não há nada de novo ou os sinais
da decadência se acumulam, escreves sobre a crueldade
de tua época e a respeito de povos maus-alunos;
Assim pensam os cantadores inclusive quando não é tempo
de canções, doam-se suas vozes, devem
manifestar-se porque também antes deles
cantava-se diante das igrejas ou sobre o dorso dos cavalos;
de povos cantadores

не пита се колико је становника, ни колики је
приход бруто; величина за мерење — то су
певачи, народ је онолико велик, колики су му
опевани јунаци. Све је то старомодно, разуме се
да јесте, јер зависи од првог слова, од прве стране,
од чуда великога наслоњеног на запрегу десетерца.
Да ли је добро или лоше, не вреди питати док
све то записивање траје. Кад престане језик
за своју песму да хаје, онда неће имати ко
да вредност прошлога мери, нити да набраја
имена манастира што се вратише на облаке
на позив древног жреца. Нити ће бити кога
да на ушћу тражи потонуле завичаје.

não se indaga qual é a população ou o volume
da renda bruta; a grandeza medida são
os cantadores, e o povo é tão grande quanto
foram celebrados seus heróis. Tudo isto é antiquado, sabe-se
que é, porque depende da primeira letra, da primeira página
do grande milagre recostado nos arreios dos decassílabos.
Se é bom ou mau, sequer se deve indagar,
enquanto durar essa escrita. Quando a língua deixar
de preocupar-se com sua canção, não haverá ninguém para
mensurar o valor do passado, nem para listar
o nome dos monastérios que retornaram às nuvens
ao serem chamados pelo antigo sacerdote. Nem haverá quem
busque pátrias submersas na foz.

“Све живи”

Чини се да све пролази да би могло да почне
опет, из почетка, као да је ново, или да се размотри
без обавезе према нечем што је било
и према оном што се деси, без послетка.
Једно разарање веће, као да иза нас све брише:
историју, успомене, вредности које су биле
и слике које су над нама владале.
Неко нам збори: прошлост се брзо од нас удаљује,
видиш је како мења, затим залази иза видика
и можда је више нема, одреци се свега некорисног,
уколико у теби још има успомена.
Но ако историја пролази
(она је прича о пролазности сама) остаје понешто:
од сваког старог појма по један корен
и обреди некадашњег култа читки у нама,
разговор је могућ између нас и пређашњих философема.
Усред садашње загонетке појави се првобитна шифра.
Ништа се у времену не понавља, осим старих проблема
и речи које је човек заборавио кад је створен,
да би их поново нашао када је над њим
уз пуцањ грома отворен свитак старих наређења.
Увек изнова започиње медитација коју нам је
на столу оставио Декарт, као и метод којим спаја

"Tudo vive"

Parece que tudo passa para que recomece
desde o princípio, como se fosse novo, ou se observe
sem levar em conta algo que já existiu
e tampouco aquilo que virá, infindável.
Uma grande destruição, como se tudo se apagasse atrás de nós
a história, as lembranças, os valores existentes
e as imagens que nos governavam.
Alguém nos confidencia: rápido o passado se afasta de nós,
você vê como ele se transmuda, depois põe-se além do horizonte
e talvez nem mais exista, renuncia a tudo que é inútil,
se ainda recordações você preserva.
Mas, se a história passa
(ela própria é narrativa sobre a transitoriedade), algo permanece:
de cada conceito antigo uma ou outra raiz
e os rituais do culto de outrora límpidos em nós,
o dialógo entre nós e os filosofemas anteriores é possível.
No meio da charada contemporânea emerge o algarismo original.
Nada se repete no tempo, além dos velhos problemas,
e palavras que o homem olvidou ao ser criado,
para redescobri-los quando
acima dele trovejam bobinas desenroladas de antigas ordens.
A meditação que Descartes nos legou
sobre a mesa sempre recomeça, e também o método

самооткривање разума са оним што се мислило
некад.
То је хтео Лајбниц пре но што је мудрост доспела
до критичне тачке на којој се поново јавио софист.
Уметник и тако своју полазну тачку разуме
и кад се буни и када руши, он једним оком намигује,
и каже: мене ништа не изненађује, ни богиња од глине
уз коју је обављао сетве човек неолита,
нити оно што је сликао у подземном замку
префињен стваралац пећинског храма и ловачке
дивљине.
Свако духовно сродство доноси наспрам уништења
један противотров, духовна је република насељена
родом познавалаца лековитог биља и других
противника тровача, она се брани тамо
где је нико не напада јер је не види нити чује,
брани се од подметача ватре и од занесења у новој
игри
која се експлодирањем очарава, као што је некад
био занос разбацивати се ватром и сматрати светим
страдање ртвеног јарца од руке заједничког кољача.
Бићемо способни да вратимо духу сваки зрачак
ако већ сада посведочимо да "све живи":
прошло у будућем, мудро у лудом, знање у тами,
и да оно што је у животу румено, тамноцрвено,
бело са пругама страсти, никад не посиви.

que vincula o autodespertar do entendimento àquilo que se
pensava outrora.
Era o que desejava Leibniz antes que a sabedoria alcançasse
o ponto crítico em que o sofista reapareceu.
O artista concebe assim seu ponto de partida,
quando se revolta ou destrói; pisca um olho
e afirma: nada me surpreende, nem a deusa de argila,
que o homem neolítico portava durante a semeadura,
nem aquilo que o criador refinado do templo da caverna e da
caça selvagem rabiscou no castelo subterrâneo.
Toda a família espiritual contém um antídoto
contra a aniquilação, e a república espiritual está povoada
de uma espécie de conhecedores de ervas medicinais e outros
opositores dos que envenenam, e ela se defende
onde ninguém a ataca, pois nem a enxerga nem a ouve,
defende-se dos que acendem fogueiras e dos fanáticos do
novo jogo
que se encanta com a explosão, assim como outrora
acontecia com o delírio de brincar com o fogo e considerar
sagrado o sofrimento do bode expiatório nas mãos do
carrasco coletivo.
Seremos capazes de devolver ao espírito cada centelha,
se agora testemunharmos que "tudo vive":
o passado dentro do futuro, a sabedoria na loucura, o conhe
cimento nas trevas,
e que tudo aquilo que na vida é rubro, vermelho-escuro,
branco raiado de paixão, jamais se acinzente.

Епитаф словенског прапесника

Због старих наших песама
у новој ме овој вери
отпадником и врагом назваше.

Старе су напеве као бурјан тргали
не би ли црква тврђе им стајала,
и мрзели су на мене!

У беди минух,
по мраку сахрањен,
ко чаробњака ме снevају,
не устах ја из гроба!

Ни сада не устајем кад ме буде —
страшни суд лије, шта лије —
кроз прогризене уши ми вичу:
Устани некрсте и тело своје покупи!
А где да га нађем, питам ја,
зар је лако сетити се телесне грађе
у буци која руши лагуме лобање.

MIODRAG PÁVLOVITCH

Epitáfio do bardo eslavo

Nesta minha nova religião
chamaram-me de renegado e inimigo
por causa de nossas antigas cantigas

Para evitar a ira da igreja
arrancaram as velhas canções feito raízes
deitaram ódio contra mim

Afundei na miséria
enterrado nas trevas
sonham-me feiticeiro
mas não me ergui da tumba ainda

Quando agora me despertam não levanto —
será o juízo final ou o que mais —
e meus ouvidos rotos gritam:
Ressuscita infiel recolhe o teu corpo
onde encontrar o meu corpo indago
Neste rumor que me arrebenta o crânio
é fácil rememorar o corpo

Отклоните своје трубе анђели,
мамузама не газите по хумци мојој
војници небески!

Ја остајем где сам
у земљи језика мог,
нећу да ми се на вашим саборима суди,
ни да ме под отворена небеса баците
на хладно решето вечности.

Други нек иду богу на истину,
мени је моја рупчага добра,
земља је ко руно
и кости у потаји певањем се плоде.

Anjos — guardem as trombetas
soldados celestes
não pisem minha cova com esporas

Ficarei onde estou
na terra de minha língua
não quero ser julgado em seus concílios
não quero ser atirado sobre a fria lápide da eternidade
não quero ser lançado contra o céu claro

Outros que feneçam
basta-me a minha fossa
a terra parece feita de lã
e a canção fertiliza os ossos em segredo.

Балкански путопис

Полако иди кроз мале цркве
не питајући за пут,
поздрави се с древним рукама светаца
огрезлим у крв и млеко,
гледај у сводовима џамија
дрхтање белих змија,
подеси своје време
по кућним сатовима вечности,
сагни се под поноћним звоњавама
бистрим и тешким
као да ти звезде падају на шлем,
у шуми великих ружа
поседи с мајсторима
нека ти нежним длетом промене лик.

Онда у планине!
До дивовских чаша пуних леда
и студених чардака магле.
Тад се обазри
и погледај доле те трке лудих шума

Descrição de uma viagem balcânica

Devagar você vai através da pequena igreja
sem indagar o caminho,
cumprimenta as mãos vetustas dos santos
mergulhados em leite e sangue,
contempla nas abóbadas das mesquitas
o tremor de serpentes alvas,
ajusta o seu tempo
segundo os relógios caseiros da eternidade,
curva-se sob o badalar dos sinos da meia-noite
rápido e pesado
como se estrelas desabassem sobre o capacete,
no bosque de grandes roseiras
senta-se com os mestres
para que lhe mudem a imagem com cinzel delicado.

Depois para as montanhas
Aos cálices gigantescos cheios de gelo
e às palafitas enregeladas de névoa.
Então você deve olhar em voltar
fitar a corrida dos bosques loucos

и звери бешње од ветра,
на пустошном видику народа нема
ни витких здања,
још нико ту није стигао,
још ништа ту није створено,
ни сабор гласова, ни реке!

Све што си видео на Балкану
беху само привид-лађе
на мркој пучини прапочетка.

e os animais irados pelo vento,
na paisagem desértica não há povos
nem edifícios esguios,
aqui ninguém chegou ainda,
aqui nada foi criado ainda,
nem concílio de vozes nem rios.

Tudo o que você viu nos Bálcãs
foram apenas visões-naves
sobre a terra escura do começo primitivo.

Дух се руга Цариграду

Некипут се спустим сасвим ниско
на глатке куполе — столице вихора —
да чујем шта сад телоносци раде.
Седим, а песма се њихова пење
уз моја колена слично мравима
и рапави гласови хрскавице
где с трга захтевају милост
од тананог слуха света.

Јадно то самољубље
бића збијених у гроздове меса!
Шта да се с њима ради?
Да ли им отворено казати
да се више ништа не очекује од њих,
или им пустити веру у плодове патње
на овој страни свемирског врта?

Зову ме опет у хору,
ја одлазим нагло,
песме ко прашина дижу се са петама,
бичем се звука од речи сад браним,
мир! кажем им, док се куполе њишу

O espírito zomba de Constantinopla

Às vezes desço até
às cúpulas lisas — assento de tempestades —
para auscultar o que fazem os carregadores de corpos
fico sentado e a canção deles desliza
por meus joelhos feito formigas
e as vozes ásperas da cartilagem
das praças clamam clemência
do sutil ouvido do mundo.

Desafortunado egoísmo
de seres comprimidos em cachos de carne
o que fazer deles
Dizer-lhes francamente
que nada mais se espera deles,
ou deixar-lhes no lado de cá do jardim do firmamento
a fé nos frutos do sofrimento...

Chamam-me novamente no coro,
vou-me apressado,
as canções erguem-se como poeira debaixo dos passos,
defendo-me do som das palavras com açoite,
silêncio! digo-lhes, enquanto as cúpulas ondulam

ко високо цвеће, зар удар звона
да буде за мене узвишен знак!
И ноћ им прелијем преко торњева и глава.

Некипут се спустим сасвим ниско
до сиротих предграђа васељене
и не знам шта да почнем

feito esguias flores, e o bater dos sinos
torna-se símbolo elevado para mim.
E verto-lhes noite sobre torres e cabeças.

Às vezes desço até
os arrebaldes empobrecidos do cosmos
e mal sei por onde começar

Метаморфозе

III

Ми који се враћамо из рата можемо рећи:
наша је тама онај непровидни мрак шуме
у којој с леђа, на изврору, убијају јунака,
наша је сенка у постељи курве
крвава пресвлака,
хладовина у надстрешници змијиног непца
кад се бивша мудрост у отрове претвара,
тама оних рањених дупљи
које траже да се спаре са сестром
док матеру псују,
о, у нама су све слузокоже срасле
и све што је рођено да пева
у нама цвили и шкрипи
као зубала у страшном сну
У пехару наше главе семе се увреде гнезди
и цело племе модрих буба
још од пророка знаних,
чак је и црвено слепило пакла нека светлост
на црном хлебу наше урођене ноћи.

Metamorfoses

III

Nós que retornamos da guerra podemos proclamar:
nossa treva é aquela escuridão transparente do bosque
em que matam os heróis pelas costas, junto à fonte,
nossas sombras são cobertores sangrentos
sobre o leito da mundana,
sombra sob o alpendre do palato da serpente,
que a sabedoria de outrora transforma em veneno,
a escuridão de órbitas feridas
que procuram violar a própria irmã
enquanto amaldiçoam a mãe,
sim, nossas mucosas todas coladas,
e entre nós tudo o que nasceu para cantar
geme, ameaça e range
como dentadura em pesadelo.
No cálice de nossas cabeças aninhou-se a semente da afronta e uma tribo inteira de insetos escuros,
conhecidos dos profetas,
e até a rubra cegueira do inferno é uma espécie de luz
sobre o negro pão de nosso negrume congênito.

Ето, и таквој раси
Послаше свето обасјање,
да ли нас узвезди и прозрачи
ил да нам још слепљи буде блуд са мајком,
још глувље и бездушније очајање!

E mandaram a santa iluminação
para uma raça destas,
ou para que nos ventile e ilumine
ou para que cegue mais ainda a luxúria com a própria mãe,
para desespero mais profundo e mais cruel.

Прелудијум

Низ улицу мршавог дрвећа
низ улицу напуштених прозора
низ улицу препуклог асфалта

Ветар је бацио нoћ
под ноге прашњавом уздаху
и пијаним ципелама

Ветар који чупа црну косу
голих и јадних девица на крову

Шуште зидови
шкрипе снови
ломе се црепови
свирају крикови

Девојке леже распорене
са звездом на свакој дојци

Жмирите
црна је крв у нашем срцу
сад она располаже сенкама и страхом

Сваке се ноћи распињу свеци
кад јесен затвори врата
и лишће умре

MIODRAG PÁVLOVITCH

Prelúdio

Ao longo da rua de árvores magras
ao longo da rua de janelas abandonadas
ao longo da rua de asfalto rachado

O vento atirou a noite
sob os pés de suspiro poeirento
e de sapatos embebedados

Vento que arranca cabelo negro
de virgens nuas e infortunadas nos telhados

Paredes crepitam
sonhos rangem
telhas racham-se
clamores tangem

Mulheres jovens deitadas fendidas
uma estrela em cada seio

Cerrem os olhos
o sangue é negro em nossos corações
e agora ele dispõe de sombras e temores

Todas as noites santos são crucificados
quando o outono cerra as portas
e a folhagem fenece

Силазак у лимб

Ту смо ми и празан простор,
у празном се не зна тачно где смо,
а простор се труде да испуне звери:
оне бивају све веће,
њихови костури расту,
дуга се крзна по ледини вуку
и ветар им тресе млохаве главе —
мешине што подстичу пожар
последњих људских здања.

Чудовишта се тетурају,
не зна се њихова врста,
слична су уљу кад се проспе,
језичина им ко влажно рубље по нама
и преко свега мастило неписменог мрака.
Чудимо се како нам поглед још ради
и саветује да се склонимо под земљу;
није баш рат, пођи да се скријеш
међу бившу гамад
што нам сад изгледа весело и чедно
у поређењу... сва су поређења пала

Descida ao limbo

Aqui estamos no espaço vazio
no vazio nem sabemos onde estamos
e animais tentam preencher o vazio —
animais cada vez maiores
com esqueletos crescentes
peles longas arrastadas no gelo
e o vento balouça-lhes as cabeças frouxas —
foles que estimulam o incêndio
dos últimos prédios humanos.

Os monstros cambaleiam
não se conhecem as suas espécies
parecem óleo derramado
suas enormes línguas deslizam sobre nós como roupa
molhada
e através de tudo a tinta iletrada da treva.
Espantamo-nos — a visão ainda funciona
e aconselha a ocultar-nos sob a terra
não é uma guerra, mas vem esconder-se
entre os animais
e isto parece alegre e simples
em comparação com... comparações desabaram

и око је свачије разрооко.
Ко зна где су врата?
Божанско последњу поруку шаље
преко мрклог мрака.

Та се порука више не пробија
ни као нож до нашег срца, јао!
Но тамо у дну сале, гле,
отварају се вратанца на рупи миша
и мала светлост и мали створ
хоће свом снагом да се пробију к нама!

Нек дође тај спаситељ најмањи,
тај миш на видику —
наша велика нада!

e todos os olhos são zarolhos
Quem sabe onde está a porta
A divindade envia a mensagem derradeira
através da treva obscura.

Aqui a mensagem não penetra mais
nem como faca em nosso coração
Mas lá no fundo do recinto, vejam,
Abre-se a portinhola do ninho do camundongo
e luz minúscula e minúsculo ser
procuram alcançar-nos à força.

Que venha esse salvador miúdo
esse camundongo no horizonte
nossa grande esperança

Почетак песме

Једна је жена прешла са мном реку
по магли и месечини,
лрешла је уз мене реку
а ја не знам ко је она.

Y брда смо пошли.
Коса јој дуга и жута,
блиска у ходу њена су бедра.

Напустили смо законе и рођаке,
заборавили мирис родитељске трпезе,
грлимо се изненадно,
а ја не знам ко је она.

Нећемо се вратити крововима ґрада
на висоравни живимо међ звездама,
војске нас неће наћи,
ни орлови,
исполин један ће сићи међу нас
и њу обљубити
док ја будем ґонио вепрове.

И деца ће наша у песмама
Причати о почетку овог племена
Поштујућ беґунце и боґове
који пређоше реку.

MIODRAG PÁVLOVITCH

O princípio do poema

Uma mulher atravessou o rio comigo
na névoa e sob o luar,
atravessou o rio ao meu lado
e nem sei mesmo de quem se trata.

Subimos para as montanhas.
Seus cabelos longos e dourados,
coxas próximas ao caminhar.

Abandonamos leis e parentes,
olvidamos o aroma da mesa paterna,
abraçamo-nos de repente
e nem sei mesmo de quem se trata.

Não retornaremos aos telhados da cidade,
vivemos entre estrelas na planície,
exércitos não nos encontrarão,
águias tampouco,
um gigante descerá entre nós
e deverá possui-la
enquanto eu estiver caçando javalis.

E nossos filhos entoarão o princípio
desta tribo em longas canções
festejando fugitivos e deuses
que cruzaram o rio.

Шума проклетства

Шума проклетства
застава сумрака
долазе судбине
на спавање

Збирке лешева
пливају под земљом
заборављена имена
клијају камењем

Изгубљени дани
развејана сунца
ко мртви облаци
даве се у реци

Векови разговарају телефоном
једино лаж
полаже право на повратак

MIODRAG PÁVLOVITCH

Bosque da maldição

Bosque da maldição
estandarde do crepúsculo
destinos chegam
para repousar

Coleções de cadáveres
bóiam sob a terra
nomes esquecidos
brotam com as pedras

Dias perdidos
sóis esparramados
feito nuvens mortas
afogam-se no rio

Os séculos conversam por telefone
apenas a mentira
imagina ter direito ao regresso

Варијације о лобањи

II

Глава без лица
            И без косе
велика је сигурност

Сигурност против ветра
И против смеха
И против ножа

Глава без меса
Не боји се пољупца

Јаме без ока
вилице без зуба
ни глад ни радост
немају где да оставе
своје црве

Неповредивост

MIODRAG PÁVLOVITCH

Variações sobre a caveira

II

Cabeça sem face
    e sem cabelos
uma grande certeza

Segurança contra o vento
contra o riso
contra a lâmina

cabeça sem carne
não teme o beijo

Órbitas sem olhos
maxilares sem dentes
nem fome nem alegria
não têm onde depositar
seus vermes

Invulnerabilidade

Зашто су наше главе
Замотане у кожу која се кревељи
У коју су засађене фризуре

Бити у лобањи
сјајној под сунцем
Прошетати се улицама
опалити шамар
разбити излог свакој лажи
почупати косу свакој истини

неповредив
отишао бих у шуму
на обали реке
лептири би летели
кроз моје очи
и лишће расло
на место ушију

Ако дозволим

Кад глава моја
буде лобања
нема демона
који ће је надјачати

Por que estão nossas cabeças
involucradas em pele que se contorce
com penteados implantados

Estar dentro da caveira
brilhante sob o sol
Passear pelas ruas
Esbofetear
quebrar a vitrine de todas as mentiras
arrancar os cabelos de todas as verdades

inviolável
iria até o bosque
na margem do rio
borboletas esvoaçantes
através de meus olhos
folhas crescentes
em vez de orelhas

Se permitir

Quando minha cabeça
tornar-se caveira
não há demônio
que possa subjugá-la

Лобања
мач природе
једини сплав на црној реци.

III

Зинула
у болу
напуштена

Лажљива
и напаћена
не стиди се

Лобања
наборала је кости
када су јој вадили зубе

Кези се празна чељуст
очекује долазак деце
коју ће научити
самоубиству

Упали образи
уливају поверење
маске су заљубљене
у вечите лажи

Caveira
sabre da natureza
balsa única sobre o rio negro.

III

Abriu a boca
abandonada
em dor

Mentirosa
sofrida
não se envergonha

Caveira
enrugou os ossos
quando lhe arrancaram os dentes

Mandíbula vazia escancarada
aguarda a chegada dos filhos
para ensinar-lhes
o suicídio

Faces inflamadas
despejam confiança
máscaras apaixonadas
por mentiras eternas

Без носа
претерано озбиљна
она крије да јој је све свеједно
као и сваком страшилу.

IV

Гледа мало укосо — према светлу
Једна сахрана је скинула шешире и поклонила се дрвећу

Киша се смеје по траговима лешева
У ископаном гробу неко покушава с муком да устане
као када се у сну узалудно бежи
Врапци сунчају своје репиће и љушкају се на танким
гранчицама

Жена у црном просипа воду
а ставе воде у свим правцима

Лобања је провирила у собу ставила једну
књигу на сто те не да људима да спавају
јер књига под лобањом личи на кључ.

Sem nariz
demasiado séria
finge-se indiferente
como todo espantalho.

IV

Observa enviesada — em direção da luz
Um enterro tirou os chapéus e saudou o arvoredo

A chuva sorri sobre o rastro dos cadáveres
No túmulo aberto alguém tenta com esforço levantar-se
como quem foge em vão no sono
Pardais bronzeiam as caudas e descascam-se em frágeis
galhos

A mulher enlutada joga água
corredeiras em todas as direções

A caveira apareceu no quarto colocou um
livro sobre a mesa e não deixa ninguém dormir
As pessoas amontoam-se pelos cantos e fitam o chão
pois o livro sob a caveira parece uma chave.

V

Лобање седе на клупама дна
Судбина првих звезда је да се загрцну крвљу
Лобање на клупама моле се богу
дува жестоки ветар
љуске се пуне водом
вода је равна као огледало
две дупље виде себе саме.

V

Caveiras assentadas sobre os bancos do leito
O destino das primeiras estrelas é chafurdar em sangue
As caveiras sobre os bancos rezam
sopra um vento ardente
as cascas enchem-se de água
água lisa feito espelho
duas órbitas contemplam-se.

Патмос

I

Из жутог лимуна сунуће сумпор.
Сломљени стубови удове ће дићи.
На њима скаредне жене,
најзад у центру пажње целог света.
Пастирски пси ће скинути маске
и показати велике зубе и царску круну.
Из борова ће полетети пожарене птице
и дивови ће газити јадне океане.
Спустиће се деве с месечевом главом
држећи отровну митру у руци
и с машицама врелим кренуће на наше очи.
О, и биље ће одвезати своје аждаје.
Тако у твојој књизи пише.

Шестар у руци. Коса ти је седа.
Јелене видиш на другој планети
како пуштају рогове у васељену;
ништа се неће десити животињском другу,
сва је пошаст упућена нама!
Реци још и ово: крај није крај краја,

Patmos

I

Do limão amarelo surgirá enxofre.
Colunas partidas erguerão seus membros.
Mulheres grosseiras sobre as colunas,
por fim atraindo a atenção do mundo inteiro.
Cães pastores arrancarão as máscaras
exibindo longos dentes e a coroa imperial.
Pássaros incandescidos voarão dos pinheiros
e gigantes pisotearão pobres oceanos.
Virgens descerão com a cabeça da lua
portando mitras envenenadas nas mãos
e com ferventes pinças atacarão nossos olhos.
E plantas desatarão os seus dragões.
É o que está escrito em teu livro.

Compasso nas mãos. Cabelos grisalhos.
Vês no outro planeta como
as gazelas deitam os chifres no universo;
nada acontecerá aos animais,
a epidemia toda é contra nós.
Diz isto também: o fim não é o fim do fim,

на крају се отварају капије града
у чијој светости нема више храма.

II

Тишина!
Нек се још боље виде потоња времена!

На острву где живиш цареви те мотре,
чекају твоје знаке,
уметници памте твоје сузе.

Појави се понекад онај ко те изгна,
изнад пећине у исцепаној тоги,
маше ти да нестајеш даље
и сваке недеље из облака једна рука
сиђе на руковање с тобом.
Нико не виде тој посети лика.
Нека сви пишу за твојим пером.

Био си танак младић, бршљан на боку свануће,
сад имаш широка леђа попут законске плоче
и прса звучна ко питијска ода,
рамена су ти стена одваљена изнад Делфа.

por fim abrem-se os portões da cidade
em cuja santidade não há mais templos.

II

Silêncio.
Que se vejam melhor ainda os tempos de outrora.

Deuses te observam na ilha que habitas
aguardam teus sinais
artistas recordam tuas lágrimas.

Aquele que te exilou aparece de vez em quando
toga esfarrapada sobre a caverna,
acena para que continues a desaparecer,
e todas as semanas das nuvens mão
aperta as tuas mãos,
Ninguém enxerga o vulto dessa visita.
Que todos escrevam segundo a tua escrita.

Foste jovem esguio, hera alborescente sobre os flancos e
agora tens dorso largo como as tábuas da lei
e o peito sonoro como uma ode da Pítia
teus ombros são penhascos arrancados sobre Delfos.

Питања

Да се буде странац
или
да се не отпутује

Да се окрене глава
или
да се ослепи

Да се затворе уста
или
да се падне на леђа

Неће још дуго куцати сатови
пружи руку

Умрети
или
не родити се

препородити се

MIODRAG PÁVLOVITCH

Indagações

Ser estrangeiro
ou
viajar

Virar a cabeça
ou
ficar cego

Fechar a boca
ou
cair de costas

As horas não haverão de bater por muito tempo
dá-me a mão

Morrer
ou
nascer

renascer

Ноћ

Непозната сенка
стиснутих зуба
стоји пред вратима

Осуђени
да цветамо
на зидовима

Попац у прозору
нашао је пут
до звезда и натраг

Noite

Sombra desconhecida
dentes cerrados
diante da porta

Condenados
a florescer
nas paredes

um grilo na janela
encontrou o caminho
de ida e volta às estrelas

Круг

Бића зелених очију
гледају у воду
која не отиче

Поглед
рони по води
налази облаке
свуда присутан

Давно некада
рибе су полетеле
и умрле

То су били локвањи
који су полетели
увис

Чији се поглед данас
враћа у воду

Círculo

Seres de olhos verdes
contemplam as águas
que não escorrem

O olhar
flutua sobre as águas
encontra nuvens
onipresente

Há muito
os peixes enverdeceram
morreram

Eram nenúfares
que alçaram vôo
para as alturas

Hoje seus olhares
retornam às águas

Са улице

Нерад
сива улица
над обешеном кичмом

Ветар
порок смејања
пред страшним

Месец је прогледао
на моје очи
и згазио мачку

Врхови топола
кидају се
и беже на облаке

Da rua

Ócio
rua cinzenta
sobre espinha pendurada

Vento
vício do riso
diante do horror

A lua fitou
através de meus olhos
e atropelou um gato

As pontas dos álamos
se esgarçam
e fogem para as nuvens

Смирење

У мраку
једна пчела
пробада очи
умирућем

Слеп
подигао је руку
шака мирише
као цвет

На врата улази
сићушно сунце
По стаклу цури крв

Опомена
онима који гледају далеко

MIODRAG PÁVLOVITCH

Pacificação

Nas trevas
uma abelha
perfura os olhos
do moribundo

O cego
ergue as mãos
o punho recende
a flor

Um sol miúdo
ingressa pela porta
Sangue escorre pelo vidro

Aviso
aos que enxergam longe

Свитање

Лешеви боја
непробројне лопте
у мраку

Тврде ограде
погребна брда
у сали ћутања

Над црним сводом
провидан ветар
назрео је врхове планина

Отимају облике
слепе ствари
зидају мрежу
тишине

Рушевине ноћи
тону у земљу
невиђене оком
живог меса

MIODRAG PÁVLOVITCH

Aurora

Cadáveres das cores
da esfera intransponível
em trevas

Muros duros
morros de sepulcros
na sala em tacitúrnio

Sobre o firmamento negro
vento transparente
espreitou o cume das montanhas

Objetos cegos
furtam formas
constróem redes
de silêncio

Ruínas da noite
afundam na terra
invisíveis aos olhos
da carne viva

Бежећи из сна
један чамац
корача језером

Таласи зоре
жуборе
над растопљеним лишћем

Птица
са светлим крилима
слетела је на сенку
једног дрвета

Затим само усклик
на зеленој површини
пролазности

На обали
човек се пробудио
са птицом у коси

MIODRAG PÁVLOVITCH

Fugindo ao sono
um barco
dá passos no lago

Ondas de aurora
fervilham
sobre a folhagem derretida

Um pássaro
de asas brilhantes
pousou sobre a sombra
de uma árvore

Depois apenas uma exclamação
na superfície verde
da fugacidade

Na margem
um homem acordou
com um pássaro no cabelo

Страх

Додир са собом
додир две ране на истом телу
и пад рањеног

Зла вест
која одјекује по ходницима
чији су излаз покидане жиле

Страх има велике очи
и генијалне мисли
у очекивању изненађења

Он отвара и затвара
зближава и удаљује
броји секунде напрсте
и обзире се по неповређеној кожи

Страх је човечуљак
који чучи притиснут љобањом
неки пут вири кроз наше уши
а неки пут је глув и слеп
као глиста

MIODRAG PÁVLOVITCH

Medo

Contato consigo mesmo
contato de duas chagas num só corpo
e a queda do ferido

Má notícia
que ecoa pelos corredores
cuja saída são artérias rompidas

O medo tem olhos enormes
e idéias geniais
à espera da surpresa

Abre e fecha
aproxima e distancia
conta os segundos nos dedos
e observa a pele intacta

O medo é um homúnculo
acocorado e prensado no crânio
por vezes espia através de nossas orelhas
outras vezes é surdo e cego
feito minhoca

Али када заспи
роса попада по трави
и мрак уступи простор
својим прозорима

Када заспи он је мудар
и зна да разбијене полуге светлости
поређа у један цртеж лица
који је пријатно погледати

MIODRAG PÁVLOVITCH

Mas ao adormecer
o orvalho cai sobre a relva
e as trevas abandonam o espaço
com suas janelas

Ao adormecer torna-se sábio
consegue ordenar os feixes de luz trincados
no desenho de um rosto
agradável de ser visto

Реквијем

Овога пута
умро је неко близу

Реквијем
у сивом парку
под затвореним небом

Жене су пошле за мртвим телом
смрт је остала у празној соби
и спустила завесу

Осетите
свет је постао лакши
за један људски мозак

Пријатна тишина после ручка
босоног дечак седи на капији
и једе грожђе

Зар ико остане веран
ономе што изгуби

Réquiem

Desta vez
morreu alguém por perto

Réquiem
no parque cinzento
sob o céu carrancudo

As mulheres seguiram o corpo morto
a morte ficou no quarto vazio
e desceu a cortina

Sintam
o mundo ficou mais leve
por um cérebro humano

Silêncio agradável depois do almoço
o menino descalço senta-se ao portão
e come uvas

Será que alguém permanece fiel
àquilo que perdeu

Не журите се са смрћу
нико на никог не личи
синови мисле на играчке

И не опраштајте се при одласку
то је смешно
И погрдно

MIODRAG PÁVLOVITCH

Vocês não devem ter pressa com a morte
ninguém se parece com ninguém
os filhos pensam em brinquedos

E não se despeçam ao partir
isso é engraçado
e ofensivo

Под земљом

На дашчаном зиду
дугоноги паук
лови у мрежу
своју сенку

Низ труле степенице
жута свећа
пљује у подрум

Подрум је далеко
и тоне све дубље
под влажне зидове

Једна врата
затворила су неког
у поноћ
И један мрав
у виду човека
на дну степеница
дигао је руку

Његов крик
не допире

MIODRAG PÁVLOVITCH

Sob a terra

Na parede de tábuas
aranha longípede
caça a própria sombra
na teia

Da escada podre
vela amarela
borrifa o porão

Debaixo de paredes úmidas
em contínuo mergulho
porão distante

Uma porta
trancou alguém
à meia-noite
E uma formiga
antropomorfe
ergueu a mão
no pé da escadaria

Seu grito
não ecoa

Тишина

Овога пута
проћи ћете сами
кроз жуту шуму
јутарњег смејања

Остаћу да сачекам
пад својих колена
у песак замора
у сан
који почиње размишљањем
и не зове се смрт

Због тишине

Тишина је схватање
схватање је одбрана
одбрана је ударац
по отровном цвећу
у својој утроби

Остаћу да сачекам
пад својих колена
у тишину

Заборавите ме другови
на сунцу

MIODRAG PÁVLOVITCH

Silêncio

Agora
solitários vocês cruzarão
o bosque amarelo
do riso matutino

Genucadente
ficarei à espera
na areia da fadiga
no sonho
que começa em reflexão
e não leva o nome da morte

Por causa do silêncio

Silêncio é compreensão
compreensão é defesa
defesa é golpe
na flor venenosa
entranhada nas vísceras

No silêncio
genucadente
ficarei à espera

Companheiros
esqueçam-se ao sol

Самоубица

Ливада крви
тече из ове руке

Ослепела птица
пева о цвећу

Неспоразум човека
са својим ликом

Самоубиство
гребање челика
згртање плаветила

MIODRAG PÁVLOVITCH

Suicida

Prado de sangue
escorre desta mão

Pássaro cego
celebra a flor

Equívoco do homem
em sua figura

Suicídio
ranger de aço
acúmulo de anil

Заробљеник

Залазак сунца
викање деце
игре у хладно време

Када се затвара небо
онај ко стаје без заштите
устручава се да призна страх
и не смеје се

Заробљеник

Нагни се
махни руком
нек те угризе гавран
за меки длан

Не бој се ветра ни камена
свака је рана комад камена
кад гледаш у лице мраку

Слобода
течење крви
између дана и ноћи

MIODRAG PÁVLOVITCH

Prisioneiro

Sol poente
grito de crianças sob a janela
jogos de inverno

Quando o firmamento se tranca
quem fica indefeso
vacila em reconhecer o medo
e não sorri

Prisioneiro

Abaixa-te
acena com a mão
para que o corvo bique
a palma suave de tua mão

Não teme o vento a pedra
cada chaga é fragmento de chama
quando fitas a face das trevas

Liberdade
fio de sangue
entre o dia e a noite

Радост
која те тражи
целог живота

Радост

MIODRAG PÁVLOVITCH

Alegria
que te segue
a vida toda

Alegria

Змијобија

Сваке се године спусти с брда
на коњу белом ко ђурђевак
вилин коњиц у гвоздено попрсје обручен
и пропне се пред сребрним велом који га сузама гледа.
Шака му ко шкољка додирне харфу
и дрхтаву усну кћери кнеза.
Потом прилази змају
за кога се добро зна да стиже
из неког смрадног угла васељене
и да му снагу чини јединство
разних смрти у стоглавом чуду.
И тог гада дакле, витез озарен
уби својом лепотом и копљем
и запева с горе хор девојака
у његову славу.

С главом на рамену зоре
он скромно иде даље
и седа под уску хладовину кедра.
Ту га дохвате пауци и слуге
и поцепају му тело и снопље
и главу му с посебном бригом
узму у радионицу и муче.

MIODRAG PÁVLOVITCH

Serpenticida

Libélula vestida em malha de aço
desce da montanha todo ano
sobre corcel alvo como lírio
empinado diante do véu prateado que o fita em lágrimas.
Mão em concha toca a harpa
e os lábios trêmulos da princesa.
Aproxima-se do dragão
pois bem se sabe que ele provém
de algum canto fétido do universo
e que sua potência deriva da unidade das
diversas mortes dentro da besta centópode.
E o herói brilhante mata o monstro
com sua beleza e sua lança
e o coro das virgens das alturas
põe-se a cantar sua glória.

Cabeça sobre os ombros da aurora,
humilde ela parte
e senta-se sob a estreita sombra do cedro.
aranhas e escravos agarram-na ali
e esquartejam-lhe o corpo em feixe
e levam a cabeça
à oficina com cuidado e torturam.

Па сад разуми овај свет
видевши његове кључе:
тај који одсече главу цару-змијурини,
љубљен од богова,
расточен би у мрављој киселини!

Agora entendam este mundo
vendo-lhe as chaves:
aquele que corta a cabeça do imperador-serpente,
amado pelos deuses,
é dissolvido no veneno das formigas.

Последњи обед

Седамо за сто
поврће, ми, тањири,
сланик и комади хлеба.
За обедом влада ред,
свако са свог места
вири из лобање.
Кад се отворе врата
видимо дланове неба.

Нико нас не дира,
но вести ипак стижу:
јешћемо бесплатно
у овој мензи довек
и свако ће добити натраг
сва своја лица
из руке старца, као лек.

Не морамо устати од стола
док прокишњава кров,
не морамо више ни јести.
Нити се бојати бола,
ишчезавамо просто
скрштених руку,
лепо ли је поћи у вечни дом!

MIODRAG PÁVLOVITCH

A última refeição

Estamos sentados à mesa
as verduras, nós, os pratos,
o saleiro e pedaços de pão.
A ordem impera
e cada um de seu lugar
vigia do interior da caveira.
Quando a porta se abre
enxergamos a palma da mão do céu.

Ninguém nos incomoda,
mas as notícias continuam chegando:
comeremos de graça
eternamente neste refeitório
e cada um receberá de volta
suas antigas faces,
feito remédio, das mãos do velhote.

Nem precisamos erguer-nos da mesa
enquanto há goteiras no telhado,
nem devemos mais comer,
ou temer a dor,
simplesmente desaparecemos
mãos cruzadas
partindo para a eterna morada.

Седамо за сто
на којем ничег нема
осим реда;
под нашим ногама је небо.
Горе: ниска таваница гроба.
Начуљи уво —
ни кап се тајне више не чује,
жедни смо прешли преко воде,
а све је у рају суво.

Estamos sentados à mesa
em que nada resta
além da ordem —
sob os nossos pés o céu
acima o teto baixo do túmulo.
Apura o ouvido —
Não se ouve uma gota sequer de segredo,
sedentos cruzamos as águas
e o paraíso está ressecado.

Орфеј у Кореји

Овде сам ја, Орфеј, у корејској земљи
свирач осуђен без смрти, који тражи пут
у подземље, где жена моја, чезнући у мемли
са песмом овом, растрже погребни скут.
Овде сам ја, Орфеј, у корејској земљи.

Могу ли умрети овде, где смрт је јака
као сунце и бије бедеме и гњечи око
врхом нокта, а рушевине без сузног знака
рију тле ко столетни корен дубоко.
Најзад умрети овде где смрт је јака.

Да чудне земље где леш, убиства брат,
за лешом у реку труљења низ пламен пада.
Где су живи? Ко води непрекидан рат
између птица без кљуна и мртвих и развејаног града?
Гле земље где пушка на рамену лобањи је брат.

Опет сам пред капијом сенки и биља више нема
око рањаве стопе, ни живог створа око лире.
По напуштеним њивама крв се за семе спрема.
Облаци, калпаци неба, јаук ће да смире
пред капијом сенки и туге више нема.

MIODRAG PÁVLOVITCH

Orfeu na Coréia

Aqui estou, Orfeu, na terra coreana,
músico condenado sem morte, em busca do atalho
para o subterrâneo, onde minha mulher, coberta no
mofo com esta canção, lacera a mortalha.
Aqui estou, Orfeu, na terra coreana.

Será que posso aqui morrer, onde a morte é forte
feito sol, forçando as muralhas e os olhos esmaga
com unhas e sem o signo das lágrimas revolve
ruínas o solo fundo como raízes centenárias.
Morrer enfim aqui onde a morte é forte.

Estarreçam terras onde cadáver — irmão do homicídio —
após cadáver cai no rio do apodrecimento em labaredas.
E os vivos onde estão? Quem faz guerra ininterrupta
entre pássaros sem bico e mortos e a cidade arrasada?
Vejam terras onde o irmão da caveira é o fuzil no ombro.

De novo aqui estou diante dos portões das trevas e não
há mais flora sob o pé chagoso, nem mais seres vivos
em torno da lira. Nos campos abandonados o sangue será sêmen.
Nuvens — capacetes do firmamento — sossegarão os gemidos
diante dos portões das trevas e não haverá mais aflição.

Да л` ће моју лиру неко наћи када прође
са мртвом годином низ опела?
Да ли ће детета прст за песмом да пође
и да дозове усев и животиње и плодишта бела?
О, да л` ће по моју лиру неко да дође?

Еуридико, ту си, јер светлост зури као авет,
откос гвоздених цеви на твоме гробу
чека ме и пуцањ за пуцањем испуњава завет
да се не чује моја песма на твоме гробу.
Еуридико, прими мог погледа смрскану плавет.

Сад знам да најзад стижем к теби доле
из јаме у јаму, ивицом пустоши Кореје.
Не, осврнути се нећу. Они које воле
треба да гледају у земљу. Рука твоја где је?
Ево ме, силазим драга к теби доле.

MIODRAG PÁVLOVITCH

Será que alguém ao passar encontrará minha lira
pelo defunto ano, ao longo da lamentação do vento?
Será que o dedo da criança buscará a melodia
e poderá atrair animais, viveiros brancos e sementes?
Será que alguém virá buscar minha lira?

Eurídice, aqui estás, pois a luz escorre feito alma penada
e a gavela dos canos de ferro de teu jazigo
me aguarda e tiro após tiro cumpre o que foi jurado —
que minha canção jamais possa em tua tumba ser ouvida.
Eurídice, recebe a superfície azul de meu olhar estilhaçada.

Enfim agora sei — aí embaixo junto de ti estou chegando
de fossa em fossa pela borda do deserto da Coréia.
Mas para trás não olharei. Aqueles que amam
a terra fitar devem. E tua mão onde está?
Querida, eis-me aqui, para junto de ti descendo.